linha única

SESI-SP editora

SESI-SP editora

linha única joão anzanello carrascoza

microcontos

A SUPREMA SÍNTESE

As micronarrativas aqui apresentadas em sua complexidade semântica permitem ao leitor a percepção do enredo subjacente de forma aberta e criativa. São situações dramáticas completas sugestionadas a partir de um instante. O todo vislumbrado a partir do detalhe, mas não qualquer detalhe: o detalhe preciso, sintético e primorosamente construído para nos guindar à construção autoral, fortalecendo com isso a ideia de leitor-autor. Essa forma de se apoiar na percepção do leitor, para que a literatura se faça, já é por si só um importante resgate do que vem se perdendo, aos poucos, nos trabalhos literários, cada vez mais planos – e cuja compreensão vem pronta, fechada e textualizada. Não é de hoje que a nossa literatura se vale da suprema síntese para criar estruturas narrativas: Oswald, Bandeira, Drummond, Leminski, entre outros, fizeram antes de Carrascoza. Mas sem o senso de emergência que vemos em *linha única*. RODRIGO DE FARIA E SILVA

Apoio

SU

de repente, ergueu a cabeça e viu o céu, imenso.

de repente, ergueu a cabeça e viu o céu; imenso.

ILHA
Sozinho,

diante do semáforo vermelho, um homem chora.

G   A   I

ASTRO O pai cortou o ovo frito. A gema, sol líquido,

Imóvel na foto, o pássaro sonha com o voo.

O L A

se derramou nos olhos do menino.

atirou-lhe o galho, trêmulo, depois que o pássaro

O L

A

ATRASO viu o galho, trêmulo, depois que o pássaro

VERBETE
vida: condição que, rapidamente, deixamos de ter.

voou.

VERBETE
Vida: condição que, rapidamente, deixamos de ter.

HOMEM
Rascunho de um Deus desumano.

CHUVA DE VERÃO

Abri a janela e
me ensopei
de paisagem.

EQUILÍBRIO
O universo inteiro treme nessa gota d'água.

CANSAÇO
ela chegou exausta.

CANSAÇO Ela chegou exausta.

SOLIDÃO   Mesmo só, sem quem a veja, a flor é flor.

Corria sem parar no meu sonho.

ÚLTIMAS PALAVRAS

Menos naquela manhã...

ADEUS a todos, DISSE a TODOS os que

O ônibus!

ADEUS deixou bilhetes de amor todos os dias. Menos naquela manhã.

ENTERRO DO PAI
O dia mais seco dos seus olhos.

AVÓ
A mão de tantos afagos repousa,

FILHO ENTERRO DO PAI
Quando viu, tinha um homem à sua frente.

solitária, no braço da poltrona.

AVÔ
O cheiro do passado no pijama sobre a cama.

INVERSÃO
A mãe deitou no colo do filho e dormiu.

INVERSÃO
A mãe deitou no colo do filho e dormiu.

BEBÊ A mãe apareceu. O sorriso dele

Rasguei a pior amarelo flutuando no céu do intenso

se espalhou feito pólvora .

ROSEBUD A pipa amarela flutuando no céu da infância.

MENINO
Fugiu de casa pela manhã.   Voltou à tarde.

COLHEITA
Apanhou a mentira do filho como uma fruta.

ÁGUA
Ele flutuava entre amores mortos.

ADEUS, INFÂNCIA
De repente, não queria mais subir na mangueira.

ÁGUA

Ele flutuava entre amores mortos.

়-VIVA

Então, da água transparente, ela emergiu.

Mas ele a arrastou para o fundo do gaveta.

CONCHA bret̄eria se molhar no raso.

-VIVA-

então, da água transparente, ela emergiu.

CONCHA Preferia se molhar no raso. Mas ele a arrastou para o fundo da gaveta.

NUDEZ Tirou-se de roupa e ficou lá no chão.

ORDEM Ela o prendia pelo olhar. Como quem pisa a cauda de um bicho.

NUDEZ Tirou-se da roupa e ficou lá no chão,

ORDEM Eis o que quero pelos olhos alho o visto. Como o visto o ouço. Como o ouço o digo. Como o digo o escrevo.

e s p a l h a d a .

OUTRA VERSÃO
As sereias. O silêncio de Ulisses as enlouqueceu.

PAIXÃO

Maria era um rio de fogo. José nadava sem se queimar.

OUTRA VERSÃO
As sereias. O silêncio de Ulisses as enlouqueceu.

FASES As do amor, iguais às da lua. Depois da cheia, a minguante.

SINAL A aliança sumiu numa greta do assoalho.

FASES As do amor, iguais às da lua: depois do claro, a minguaante.

O amor, logo depois.

PERFUME Nunca mais o cheiro dela naquele frasco.

FUGA
Saiu correndo.

Mas tropeçou na voz dele ao chegar no portão.

DIVÓRCIO
Continuaram se odiando, em casas separadas.

REENCARNAÇÃO
Uma vida basta para tanto disparate.

FUTURO
Eu era uma cicatriz nela, em progresso.

MORTE Tinha infância demais nele...

Faltava muita vida para compreender.

ESCRITA
Começou a escavar seus escuros.

NUDEZ
As outras usavam as palavras para vestir

E, súbito, se iluminou.

NUDEZ
As outras usavam as palavras para vestir a verdade.

Ela, para despi-la.

CONFISSÃO
Forrei a conversa com palavras de veludo.

PSICOGRAFIA O paraíso é aí.

HERÁCLITO

PAUSA

II

Desceu o rio e ficou preso às margens de suas palavras.

PAUSA
II

Motoboy, na calçada, atende o celular. O menino nasceu.

▶

Motoboy, na calçada, atende o celular; o menino nasceu.

Quando acordaram, Monterroso ainda estava lá.
AUROS

ALMA
Tudo vale a pena se a persona não é pequena.

CA
A alma, um vergão só.

HIPOCRISIA
A verdade, dizia, só a verdade. E mentia como todos nós.

OUTONO
Encostou a cabeça na árvore da almofada e se desfolhou.

FANÁTICA
Vó, você não pode morrer. A novela das nove vai começar.

VELHO MARINHEIRO Em cada porto uma cicatriz.

PEIXE

Da rede, sentia o mar indo embora de suas nadadeiras.

MAR
Evitava bater no rosto.

PEIXE

Da rede, sentia o mar indo embora de suas nadadeiras.

IDADE
Na mão, a primeira mancha. A vida apodrece devagar.

OUTRO SUSTO

CONFETE

Uma gota de cor caída na memória.

Quem era aquele velho que ria dele no espelho?

C_ONF^{ET}E

Uma gota de cor caída na memória.

Quem era aquele velho que ria dele no espelho?

ESCOLHA
Todos os dias — todos — até os mais doloridos.

TRÂNSITO
A vida gotejava rua adentro.

GURU O sol também tem suas sombras.

o sol também tem a ros sombros

PLATÔNICA
à noite, seu rosto flutua, como a lua, na memória.

BORGES
Sonhou um Deus que se sonhava homem.

VENTO
No varal, as roupas do menino que morreu.

POESIA
Uma rã salta, chuá, no lago. Bashô respinga em mim.

ESPECTADOR

POESIA
Uma vez solta, chuá, na laje. Basta respingo em mim.

No fim do dia, o $^{sol\ assiste\ à\ vida}$ se pôr.

CERTEZA
O que foi, mãe? Nada, só a vida.

Na saúde e na doença.

CASAMENTO

CASAMENTO

Até que a infidelidade os separe.

DO

Até que a infidelidade os separe.

CASAMENTO

A vida é sem anestesia.

TERAPIA
Antes de tomar decisões, consulte a sua dor.

O time, a calvície e o gosto pela poesia.
HERANÇA

HISTÓRIA
Madeleines. Em busca do Proust perdido.

DESERTO

VENENO
Uma gota. E tudo se diluiria.

Quando se encontrava consigo, via. A má miragem.

Quando se encontrava consigo, via, A má miragem

TARDE DEMAIS Reduziu a velocidade

PIEDADE
Vivia dizendo que cada um tem o nome que merece.

da ambulância e desligou a sirene.

PIEDADE
Vivia dizendo que cada um tem o nome que merece.

DIAGNÓSTICO

O médico rasgou o envelope do exame — e o sonho dela.

F

"O médico rasgou o envelope do exame – e o sopro dele..."

É

Leu o salmo 27, pegou o revólver e foi assaltar o banco.

TRISTEZA Quando escutava Jesus, alegria dos homens.

DESEMPREGADO
Gastava a vida diante do vídeo.

VÍCIO Fumaça,

DESEMPREGADO
Gostava a vida diante do vídeo.

fumaç,

fuma,

fum,

fu...

IRONIA
Abandonados, os menores erram pela rua Direita.

BANHO
Foi lá que o adulto irrompeu em seu corpo de criança.

NOITE
A voz da mãe começou a escurecer.

NATUREZA-MORTA Fruta na árvore.

Árvore na paisagem. Paisagem na memória.

INFÂNCIA
Alegria cercada de dores por todos os lados.

CATAPORA
Sol lá fora. O menino dormindo. Chuviscos na tevê.

MENINO
Pegou o pássaro com tanto amor que o esmagou.

MENINO,
Pegou o pássaro com tanto amor que o esmagou.

NAMORADA
Ela sorria na garupa da bicicleta.

FESTA JUNINA Abri a janela e vi: as bandeirinhas de Volpi.

MULHER Ela trouxe horas de domingo.

O amor, esse descuido.

MULHER Ela trouxe h o r a s   d e   d o m i n g o

aos meus dias de semana.

DEGUSTAÇÃO Duas taças de vinho.

STRIP TEASE
Do corredor ao quarto, a casca das

O buquê de sua boca.

palavras pelo
chão.

o buquê de sua boca.

ESTÁTUA

pelo
chão.

Ele pediu de joelhos. Mas ela não arredou pé.

VAID

Ele pediu de joelhos, mas ela não arredou pé.

www.eusouom

DADE
aximo.com.br

TURMA UNICA

TURMA UNIDA

MALDIÇÃO
Terás de viver consigo eternamente.

O reencontro, vinte anos depois. Ninguém apareceu.

MOLDURA

Debruçava sua dor na janela. O mundo passava, indiferente.

MALDIÇÃO

Terás de viver consigo eternamente.

O reencontro, vinte anos depois. Ninguém apareceu.

DESENCANTO O príncipe tinha mau hálito.

MIOPIA A paisagem é do tamanho do nosso olhar.

CERTEZA

APRENDIZAGEM Eu não faria tudo de novo.

CERTEZA

APRENDIZAGEM eu não tomo tudo de novo

Viver dói até o fim.

DON JUAN
Buscava-se, em vão, no corpo alheio.

NO ELEVADOR
Cabeça baixa, miro os pés dela. Quase um estupro.

DOMÉSTICA
Crianças na escola. Travesseiros na janela, ao sol.

FOTOGRAFIA
Cortou o rio com a lâmina da luz e o represou no papel.

GENÉTICA Soluçava ao ver que

a filha era a sua cópia.

MÃE
Só, à mesa da cozinha, sonha com os filhos.

FERIDA
Pronta para sangrar.

a filha era a sua cópia

MÃE
só, à mesa da cozinha, sonha com os filhos,

Bastava cutucá-la com um telefonema.

SACRIFÍCIO
Amava-o tanto, que preferiu deixá-lo com a outra.

Bastava cutucá-la com um telefonema.

SACRIFÍCIO
Amava-a tanto, que preferiu deixá-la com a outra.

CAMPA Duas datas. A do primeiro e a do último

susto.

GULA

Diabólica, a fé engorda nas catástrofes.

GENTE A matéria podre de Deus.

LIÇÃO o bem, filho, é o estado primeiro do mal

Vê? Um dia, tudo isso será seu.

RUÍNAS

LIÇÃO O bem, filho, é o estado primeiro do mal.

SIGNO represo. É alagamento.

ESPERANÇA Na selva sombrosa, uma flor ao sol.

SIGNO Represa. E alagamento.

ESPERANÇA na seiva sombria, uma flor ao sol.

CALMARIA Um cardume de palavras cruzou seu rosto.

PRESÉPIO
No céu, entre buracos negros e lixo espacial,

CALMARIA Um caudume de palavras cruzou seu rosto

RETIRANTE
Pés retorcidos e sujos de terra.

uma estrela cintila.

ATO FINAL no poente sangrento.

Raízes descobertas.

uma estrela cintila.

ATO FINAL No poente sangrento,

Raízes descobertas.

um pássaro voa e canta, ao longe.

PRIMAVERA
num galho, entre folhas ressecadas,

um pássaro voa e canta, ao longe.

PRIMAVERA
Num galho, entre folhas ressecadas,

AZUL

Tinha os olhos cheios de céu.

POBREZA a vida inteira numa única

o tufo verde.

POBREZA A vida inteira numa única

linha.

linha única sobre o autor
joão anzanello carrascoza: escritor de afetos arcaicos.

Linha única

Copyright © 2024 da Starlin Alta Editora e Consultoria Eireli.
Copyright © 2016 João Anzanello Carrascoza.
ISBN: 978-65-5568-093-5.

Impresso no Brasil – 1ª Edição, 2024 – Edição revisada conforme o Acordo Ortográfico da Língua Portuguesa de 2009.

```
Dados Internacionais de Catalogação na Publicação (CIP) de acordo com ISBD

C3131    Carrascoza, João Anzanello
            Linha Única / João Anzanello Carrascoza. - Rio de Janeiro : Alta
         Books, 2024.
            160 p. ; 13cm x 17cm.

            ISBN: 978-65-5568-093-5

            1. Literatura brasileira. 2. Microcontos. I. Título.
                                                    CDD 869.8992
2023-1763                                           CDU 821.134.3(81)

                 Elaborado por Odílio Hilario Moreira Junior - CRB-8/9949

                        Índice para catálogo sistemático:
                        1. Literatura brasileira 869.8992
                        2. Literatura brasileira 821.134.3(81)
```

Todos os direitos estão reservados e protegidos por Lei. Nenhuma parte deste livro, sem autorização prévia por escrito da editora, poderá ser reproduzida ou transmitida. A violação dos Direitos Autorais é crime estabelecido na Lei nº 9.610/98 e com punição de acordo com o artigo 184 do Código Penal.

A editora não se responsabiliza pelo conteúdo da obra, formulada exclusivamente pelo(s) autor(es).

Marcas Registradas: Todos os termos mencionados e reconhecidos como Marca Registrada e/ou Comercial são de responsabilidade de seus proprietários. A editora informa não estar associada a nenhum produto e/ou fornecedor apresentado no livro.

Erratas e arquivos de apoio: No site da editora relatamos, com a devida correção, qualquer erro encontrado em nossos livros, bem como disponibilizamos arquivos de apoio se aplicáveis à obra em questão.

Acesse o site www.altabooks.com.br e procure pelo título do livro desejado para ter acesso às erratas, aos arquivos de apoio e/ou a outros conteúdos aplicáveis à obra.

Suporte Técnico: A obra é comercializada na forma em que está, sem direito a suporte técnico ou orientação pessoal/exclusiva ao leitor.

A editora não se responsabiliza pela manutenção, atualização e idioma dos sites referidos pelos autores nesta obra.

Atuaram na edição desta obra:

Editor chefe
Rodrigo de Faria e Silva

Produção editorial e gráfica
Paula Loreto

Editora assistente
Gabriella Plantulli

Produção gráfica
Camila Catto
Valquíria Palma

Revisão
Danielle Mendes Sales

Capa e projeto gráfico
Raquel Matsushita

Diagramação
Cecilia Cangello |
Entrelinha Design

Editora afiliada à:

Rua Viúva Cláudio, 291 – Bairro Industrial do Jacaré
CEP: 20.970-031 – Rio de Janeiro (RJ)
Tels.: (21) 3278-8069 / 3278-8419
www.altabooks.com.br – altabooks@altabooks.com.br
Ouvidoria: ouvidoria@altabooks.com.br